Collection folio benjamin

ISBN-2-07-039088-8
Titre original : Hare and Badger go to town
Publié par Andersen Press, London
© Tony Ross, 1981, pour le texte et les illustrations.
© Éditions Gallimard, 1983, pour la traduction.
Numéro d'édition : 31539
Dépôt légal : Avril 1983
Imprimé en Italie.

PZ
21
F63
mv 88

Le voyage du lièvre et du blaireau

raconté et illustré par
Tony Ross

traduit par
Camille Fabien

Gallimard

La chanson du voyage

Les hommes ont battu la campagne
Ils l'ont blessée, meurtrie, fanée
Adieu, nos pays de cocagne
Morts sous l'enfer des cheminées.

Jadis, dans les prés encor verts,
On respirait le frais printemps
Mais leurs avions au vent d'hiver
De poison ont couvert nos champs.

Dans un nuage d'herbicides,
Ils ont brûlé Pâques fleuries
Ils ont noyé d'odeurs fétides
L'herbe tendre de nos prairies.

Nous ne causons pas de dégâts,
Nul n'est jamais mort sous nos pas,
Mais les hommes, malédiction !
Ont inventé la pollution.

Vroum !
Réveillés en sursaut, Phil le lièvre et Pat
le blaireau se levèrent d'un bond.
Ah non, ça n'allait pas recommencer !
Et pourtant, si, cela recommençait : un
avion chargé de produits chimiques
vrombissait au-dessus du champ d'orge
en lâchant un nuage de poussière
empoisonnée.

Cette fois-ci, c'en était trop. Il fallait partir d'ici, et partir **immédiatement.**

« Où irons-nous ? demanda Phil le lièvre.

— Nous verrons bien », répondit Pat le blaireau.

Ils empaquetèrent à la hâte leurs maigres trésors, jetèrent un dernier regard attristé à leur terrier sous les saules, enfourchèrent ensuite leur tandem et se mirent en chemin.

« Adieu, doux foyer », murmura Pat avec nostalgie.

Pat le blaireau avait pris place à l'avant
du tandem. Derrière lui, Phil le lièvre,
prétextant qu'il avait les pattes trop
courtes, avait renoncé à pédaler. Il se
contentait de chanter quelques chansons
de route pour encourager son
compagnon.

A la nuit tombée, ils découvrirent un
magnifique carton abandonné dans un
champ.

« C'est ici que nous dormirons, décréta
Pat, on ne peut rêver plus confortable . »
Il aurait d'ailleurs dormi n'importe où,
tant il était épuisé d'avoir pédalé depuis le
matin.

Quelques minutes plus tard, ils avaient
tous deux sombré dans un profond
sommeil.

zzzzzzzzzzzzzzzzz **bonk !**

Cette fois encore, ils s'éveillèrent en
sursaut. Le jour s'était levé et une abeille,
ou plutôt quelque chose qui ressemblait à
une abeille, venait de se cogner contre
leur boîte.

« On dirait une abeille, dit Phil.
— Je suis une abeille », répondit
l'abeille.
Mais on avait du mal à la reconnaître car
elle portait un masque.
« Excuse-moi si je suis indiscret, dit Pat,
mais est-ce la mode, dans la région, ce
genre d'accoutrement ? Je veux dire cette
chose que tu as sur la tête...

— C'est mon masque à gaz, répondit l'abeille, pour me protéger des produits chimiques. Grâce à lui, j'arrive à respirer, mais je n'y vois pas bien clair et je me cogne partout.

— Ici aussi, vous avez des avions ? s'exclama Phil, on ne peut donc pas y échapper ?

— Il n'y a pas seulement les avions, il y a aussi les usines qui fument et l'autoroute qui passe à proximité.

Résultat : plus personne dans la famille ne veut manger de mon miel. Il a un goût de mazout ou de gaz d'échappement.

— Où faut-il donc aller pour respirer un peu d'air frais ? se lamenta Pat.

— Je l'ignore. Loin d'ici en tout cas. Essayez vers l'Ouest, vous verrez bien. Bonne chance ! »

Phil et Pat remontèrent sur leur tandem et reprirent la route. Le soleil était haut dans le ciel lorsqu'ils firent une nouvelle halte. Ils y étaient bien forcés car ils venaient d'atteindre une rivière et il n'y avait ni pont ni bateau en vue.

Ils aperçurent alors un martin-pêcheur, perché sur une branche, qui s'efforçait d'attraper du poisson avec une canne à pêche. Il avait un mouchoir noué autour du bec.

« Ça mord ? » demanda Pat d'un ton goguenard.

Le martin-pêcheur ôta le mouchoir de son bec.

« Je sais, je n'ai pas l'air très malin avec ma canne à pêche, répondit l'oiseau, mais je suis obligé de m'attacher ce mouchoir autour du bec, c'est le seul moyen d'échapper à l'odeur. Cette eau est infecte, pleine de produits polluants ! Pouah ! Du coup, je ne peux plus me servir de mon bec pour pêcher.

Quant aux poissons, quand j'en attrape,
ils ont si mauvais goût que je n'ai plus
aucun plaisir à me mettre à table.
— Où faut-il donc aller pour respirer un
peu d'air frais ? répéta Pat d'un ton
navré.
— Je l'ignore. Loin d'ici, en tout cas.
Essayez vers l'Ouest, vous verrez bien.
Bonne chance ! »

Phil le lièvre et Pat le blaireau avancèrent alors le long de la rive en se demandant comment ils allaient bien pouvoir traverser le cours d'eau.

« Il va falloir nager si nous voulons passer de l'autre côté, dit Phil sans enthousiasme.

— Blub ? Vous n'y — blub — pensez pas ? Ce serait du suicide », dit une voix à côté d'eux.

C'était un gros poisson qui s'était approché du rivage et avait surpris leur conversation. Il portait sur le dos une bouteille d'oxygène reliée à sa bouche par un tuyau de caoutchouc.

« Voyez où j'en suis réduit pour survivre, reprit le poisson, autrefois il faisait bon vivre dans cette rivière, l'eau y était fraîche et vive, un vrai paradis ! Mais aujourd'hui, les usines y déversent leurs déchets et on ne peut plus y nager sans un équipement d'homme-grenouille ! Ce serait de la folie de barboter dans cette saleté !

— Et comment allons-nous faire pour
passer sur l'autre rive ? se lamenta Pat le
blaireau.

— Je peux vous y aider, assura l'aimable
poisson, mais pour le tandem, ce sera
impossible.

— Ça ne fait rien, dit Pat qui en avait
assez de pédaler, gardez-le ! »

« Il pourra peut-être vous servir, dit Phil,
les tubes, surtout… »
Le blaireau, d'une patte légère dit sans
regret adieu à son tandem. Puis, en
compagnie du lièvre, il s'installa sur le
dos du poisson qui les emporta sur la rive
opposée.

« Tous nos remerciements, dit Phil, nous te revaudrons cela à l'occasion.

— Sais-tu où nous pourrions aller pour respirer un peu d'air frais ? demanda à nouveau Pat.

— Je l'ignore, répondit le poisson, essayez vers l'Ouest, vous verrez bien. Je connais beaucoup d'animaux qui sont partis là-bas, en direction de cette colline, il y a peut-être quelque chose d'intéressant derrière. Bonne chance ! »

Phil et Pat marchèrent jusqu'à la colline puis ils grimpèrent à son sommet.

Alors, ils restèrent figés de stupeur en
apercevant au loin des centaines
d'immeubles serrés les uns contre les
autres. De tous côtés, des lumières
clignotaient comme un million d'étoiles.
« Ça, c'est une ville ! s'exclama Phil le
lièvre, je le sais j'en ai déjà vu dans des
journaux ! »

« Et qu'irions-nous faire dans une ville ? s'inquiéta Pat, crois-tu qu'ils y ont de l'air frais ?
— Allons toujours voir, dit Phil. »

Puis il s'élança vers les lumières, suivi de Pat qui ne se sentait pas très rassuré. Bientôt, ils arrivèrent dans un dédale de rues où ils se perdirent très vite. Autour d'eux, le sol était dur et nulle part on ne voyait la moindre touffe d'herbe.

Lorsqu'ils levaient les yeux, d'immenses bâtiments leur cachaient le ciel. Et partout, des bruits monotones, lancinants, retentissaient en long vacarme : le chant inlassable des machines.

Soudain, une lumière aveuglante illumina
le coin d'une rue et un énorme monstre
rouge s'élança sur eux en rugissant.
Où se cacher ? Peut-être dans cette
ouverture béante, au bord de la chaussée.

C'était la seule issue possible. Un instant
après, tous deux plongeaient ainsi dans le
noir.

Ils atterrirent sur une sorte de rebord et
restèrent là, accroupis, un long moment,
sans la moindre lumière pour les guider.
Peut-être y avait-il un gouffre immense
juste au-dessous d'eux ?
Quelques instants plus tard, ils
entendirent une voix.
« Hé, vous, là-bas ! Descendez donc
jusqu'ici, ce n'est pas haut . »
Ils pouvaient apercevoir à présent une eau
noire qui gargouillait en contrebas. Ainsi
qu'un rat qui manœuvrait un petit bateau
ballotté par le courant. C'était le rat qui
les avait appelés.

Il les aida à monter dans son embarcation qui, bientôt, glissa sur l'eau vers ils ne savaient quelle destination. Autour d'eux, d'autres petits bateaux naviguaient aussi dans l'obscurité.

« Vous venez de la campagne, n'est-ce pas ? demanda le rat, vous n'êtes pas les seuls, il nous en arrive tous les jours . »

Il mena le bateau jusqu'à une jetée dans laquelle étaient taillées quelques petites marches de pierre. En haut de l'escalier, un rai de lumière filtrait sous la porte. Au-dessus, une enseigne peinte indiquait :

« Au Cochon Trompettiste »

« Entrez là-dedans, conseilla le rat, et demandez le renard. Il prendra soin de vous. »
Phil le lièvre et Pat le blaireau ouvrirent timidement la porte.

Et là, surprise ! Dans une salle bien chauffée et brillamment éclairée, toutes sortes d'animaux étaient installés dans des fauteuils ou sur des tabourets de bar, riant, chantant, un verre dans chaque main. Certains d'entre eux jouaient aux cartes.

A l'autre bout de la salle, un renard à l'air rusé se tenait derrière un comptoir encombré par des bouteilles de liqueur de pissenlit et de vin de betterave. Il salua les nouveaux venus d'un signe de tête et, quelques instants plus tard, Phil et Pat lui racontaient leur histoire tandis qu'il leur servait une bière.

« Et voilà comment nous sommes arrivés
ici, conclurent Phil et Pat lorsqu'ils
eurent terminé leur récit.
— Rien d'étonnant, dit le renard d'un air
entendu, tous ceux que vous voyez ici
sont partis de chez eux pour les mêmes
raisons que vous : les champs et les forêts
où ils avaient leurs maisons étaient
devenus invivables.

Alors, ils se sont dit qu'après tout la ville avait peut-être du bon puisque les hommes avaient choisi d'y habiter. Ils se sont donc installés ici, dans les sous-sols. Attendez-donc l'heure de la fermeture et ensuite nous irons tous chez moi, j'ai de quoi vous loger pour la nuit. »

Les clients s'en allèrent peu à peu, dansant à contretemps et chantant de plus en plus faux sous l'effet du vin. Phil et Pat les regardaient s'éloigner le long des égouts ; les plus ivres manquaient à chaque pas de tomber dans l'eau nauséabonde.

Le renard les rejoignit lorsque le bar fut vide et les emmena chez lui où tous trois s'assirent autour d'un feu.

« Ils ont l'air heureux, vos clients, fit remarquer Phil le lièvre.

— On s'amuse bien en ville, renchérit Pat le blaireau qui avait lui-même un peu forcé sur la bière.

— Vous verrez si vous trouvez cela aussi amusant dans la journée, dit le renard d'un ton énigmatique. Croyez-moi, cela

coûte cher de s'amuser. Mais allons
plutôt nous coucher, je meurs de
sommeil. Demain, vous comprendrez
mieux ce que je veux dire. Bonsoir. »
Le lendemain, dès qu'ils eurent terminé
leur petit déjeuner, le renard et ses invités
se mirent en chemin.

La ville souterraine grouillait d'animaux tôt levés tandis qu'une lueur pâle filtrait au-dessus de leurs têtes à travers les grilles d'égout. Partout régnait une grande agitation.

« Pourquoi sont-ils tous debout à une heure aussi matinale ? s'étonna Phil.

— C'est qu'ils vont travailler, répondit le renard.

— Travailler ? s'exclama Pat, quelle horreur ! Le travail, c'est bon pour les hommes, pas pour nous !

— Et comment croyez-vous qu'ils puissent s'offrir leur liqueur de pissenlit ou leur vin de betterave ?

Ici, pour avoir un bon repas ou simplement un verre de rosée, il faut travailler dur !

— Mais c'est inhumain ! » s'écria Pat le blaireau.

Au même moment, ils s'arrêtèrent devant une porte blanche sur laquelle était peinte une croix rouge.

« Ceci est un hôpital, dit le renard, venez,
nous allons le visiter. »
Phil et Pat s'approchèrent d'un des
nombreux malades allongés sur leurs lits
et le reconnurent aussitôt :

c'était un rat des champs, couvert de bandages, qui avait été leur voisin, du temps où le champ d'orge était encore habitable.

« Accident du travail, murmura le docteur Taupe, debout à son chevet, un cas grave... »
Lorsqu'ils furent de retour dans la rue, Phil et Pat étaient devenus tout pâles.
« Alors, qu'en dites-vous ? interrogea le renard.
— C'est épouvantable ! s'écria Phil.
— C'est terrifiant ! » s'exclama Pat.

« C'est cela, le travail, conclut le renard avec un geste d'évidence.

— Dans les champs, dans les forêts, tout est gratuit, reprit Pat, a-t-on jamais payé pour une touffe d'herbe ou une baie sauvage ?

— Les animaux n'ont rien à faire ici, assura Phil, il faut les convaincre de quitter cette ville **immédiatement !**

— Je connais un moyen, dit le renard, il suffirait de couper tous les fils et tous les tuyaux qui courent dans les sous-sols. Sans électricité et sans canalisations, la ville mourra d'elle-même et les animaux n'auront plus envie d'y rester. »

« Mettons-nous tout de suite au travail,
dit Pat, il faut se répartir les tâches et
organiser les chantiers de destruction ».
En peu de temps, ils recrutèrent bon
nombre de volontaires, insectes ou
rongeurs, qu'ils avaient convaincus de les
aider dans leur tâche.
Ils se mirent à ronger les fils électriques, à
percer les canalisations, à sectionner les

câbles téléphoniques et les tuyaux de gaz.
En quelques heures, ils eurent causé tant
de dégâts que la ville était devenue
inhabitable.
Lorsque les habitants des égouts s'en
aperçurent, deux camps se formèrent.
« S'il n'est plus possible de travailler,
comment allons-nous vivre ? » se
plaignaient les uns.
« Puisqu'on ne peut plus travailler,
retournons donc à la campagne, disaient
les autres, nous finirons bien par trouver
un endroit où nous installer loin des
hommes et de leurs produits chimiques.
— Ou mieux, suggéra le renard, restons
plutôt ici. Lorsqu'ils auront compris qu'il
n'y a plus moyen d'y vivre, les hommes
ne tarderont pas à quitter la ville.

Alors, nous planterons de l'herbe, des
graines, des fleurs, des arbres. Certains
pousseront même à travers les cheminées,
ce sera du plus bel effet.
— Bonne idée, dit Phil le lièvre, vous
vous souvenez de cet humoriste qui
proposait d'installer les villes à la
campagne ? Eh bien nous, nous
installerons la campagne à la ville !

vroum !

Réveillés en sursaut, Phil le lièvre et Pat
le blaireau se levèrent d'un bond. Ils
étaient à nouveau dans leur terrier sous
les saules et au-dessus d'eux vrombissait
un avion chargé de produits chimiques.
— J'ai fait un drôle de rêve, dit Phil.
— Moi aussi, dit Pat.

— Dis-moi, reprit Phil en observant l'avion, dans un moteur, il y a beaucoup de fils et de tuyaux, n'est-ce pas ?

— Sans aucun doute, assura Pat.

— L'aéroport n'est pas loin d'ici, poursuivit Phil d'un air songeur, si nous allions y faire un tour ?

— C'est une bonne idée, approuva Pat avec un clin d'œil complice, nous avons de bonnes dents et un moteur d'avion, c'est fragile... Quand partons-nous ?

— **Immédiatement** », dit Phil d'un ton résolu.

Alors, ils se mirent aussitôt en chemin en se disant que la nuit souvent porte conseil...

BIOGRAPHIE

Je suis né à Londres en 1938 et je crois toujours aux contes de fées et au Père Noël.

Après mes études, j'ai travaillé dans la publicité, puis je suis devenu professeur à l'école polytechnique de Manchester. Dans les années 60, je me suis amusé à faire des dessins pour des magazines, notamment pour *Punch*.

Mes premiers livres pour enfants ont été publiés en 1973. Depuis, j'en ai fait plus de vingt.

Les enfants, pour moi, sont beaucoup plus importants que les éditeurs, les hommes politiques ou les rois et j'ai toujours essayé de faire de mon mieux pour leur offrir des dessins qui leur plaisent.

Ma principale ambition, c'est de divertir. Souvent, je récris à ma manière des histoires traditionnelles pour contribuer à les faire connaître aux enfants d'aujourd'hui. Et parfois, j'écris mes propres contes, parce que je ne peux pas m'en empêcher.

Je vis à la campagne avec ma femme, mes quatre enfants et mes deux chats. Je déteste la politique, les voyages, les adultes grincheux, les professeurs sentencieux et les voitures de sport.

Enfin, je pense qu'un livre est bon quand il plaît au public et qu'il est excellent quand le public l'adore.

Tony Ross

QUELQUES MOTS DIFFICILES

Le blaireau est un animal plus grand que le lièvre ; il pèse en moyenne une vingtaine de kilos. Comme les autres membres de la famille des mustélidés (le furet, la belette, le putois...), le blaireau vit dans un terrier. Il se nourrit de toutes sortes d'aliments et ses poils font d'excellents pinceaux.

Imaginer le bruit que fait un avion quand il passe juste au-dessus de soi suffit à comprendre ce que signifie **vrombir.**

L'orge, comme le blé, le seigle ou l'avoine, est une céréale. Elle pousse partout dans les terres pauvres et entre dans la composition de la bière.

Pleureur, blanc ou marsault, **le saule** est un arbre que l'on trouve habituellement au bord de l'eau et qui nous fournit l'osier.

La nostalgie nous pousse à regretter ce que nous quittons, lieux, amis ou moments agréables. Le blaireau est ainsi triste d'abandonner son foyer.

Le mazout est un liquide noir et visqueux que l'on obtient à partir du pétrole.

L'enthousiasme étant la joie avec laquelle nous faisons ce qu'il nous plaît de faire, il n'est pas étonnant que le lièvre n'en montre pas beaucoup quand il s'agit de nager dans une eau polluée.

Un dédale est un labyrinthe, un enchevêtrement de rues, de chemins ou de couloirs où il est difficile de ne pas se perdre.

Un bruit **lancinant** est un bruit désagréable qui revient à intervalles réguliers.

Le mot **rai** a la même signification que le mot rayon.

Du printemps à l'automne, le **pissenlit** montre ses fleurs jaunes le long des talus et dans les prairies. Ses feuilles se mangent en salade.

Tous les fruits à pépins sont des **baies :** les groseilles, les raisins, les myrtilles, les melons, les cassis et bien d'autres.

Les **canalisations** sont des tuyaux par où cheminent l'eau, les égouts, les fils électriques ou les fils du téléphone.

Par ce qu'il écrit, dessine ou raconte, **un humoriste** s'efforce de nous faire rire.

Des folio benjamin pour les plus grands

N° 4 - **La Charge de la brigade des souris**, Stone/Ross.

N° 11 - **Voyage au bout de l'éponge**, Hans Traxler.

N° 20 - **L'Île des ours blancs**, Varvasovszky.

N° 26 - **La Course des rats**, Colin McNaughton.

N° 27 - **Les Pirates**, Colin McNaughton.

N° 33 - **La Révolte des lavandières**, Yeoman/Blake.

N° 34 - **Souris en blanc**, Stone/Steadman.

N° 37 - **La Belle Lisse Poire…**, Pef.

N° 46 - **Un éléphant ça compte énormément**, Helme Heine.

N° 54 - **Grand Bêta**, Guilloux/Mignon.

N° 60 - **Jérémie au pays des ombres**, Varvasovszky.

N° 61 - **La Ville**, Hesse/Schmöger.

N° 62 - **Le Nez**, Gogol/Kohler.

N° 74 - **Le Monstre poilu**, Bichonnier/Pef.

N° 84 - **Tao le Malin**, Anne Thiollier.

N° 79 - **Le Métro en folie**, Munsch/Martchenko.

N° 70 - **Le Roi Éric le Naïf**, Colin McNaughton.